* un petit livre d'argent *

TON PETIT
ALPHABET

Pierre Probst

DEUX COQS D'OR

A
a

Trois petits ânes mangent
les abricots qu'ils cueillent sur un arbre.

B
b

Baptiste et sa sœur se balancent
tandis que le ballon de Bébé s'envole.

C
c

Ce chaton respire les coquelicots
des champs, non loin de la chaumière.

D
d

Le dindon se dandine, tandis
que la cloche fait ding ding dong.

E
e

L'éléphant promène ses enfants,
guidé par son ami l'escargot.

F
f

Florent va chasser le faisan
avec son fusil et son chien Flip.

G
g

Le galant geai offre un bouquet
de glycines à la gentille gazelle.

H h   I i

Près de sa hutte, la fille
du roi des Îles offre à Hélène
un ravissant collier d'ivoire.

J
j

Julie et Juliette, deux petites sœurs jumelles, mangent les cerises du jardin.

K
k

Ce jeune kangourou au pelage kaki
a gagné un képi à la grande kermesse.

L M
l m

Dans leur maison bordée
de marguerites, les petits lapins
ont fermé le loquet de la porte,
car ils ont peur du loup.

N O
n o

Avec sa pièce d'or, Naël
va acheter des olives et
des oranges pour se nourrir.

P
p

Le petit pingouin
se promène avec son papa.
« Bonne promenade », dit le phoque.

Q
q

Quatre quilles sont tombées. Le castor les a renversées avec sa queue.

R
r

« Maître Renard, bien le bonjour,
dit le rat des champs, le roitelet
m'a dit qu'il ferait beau temps. »

S

s

Au lever du soleil, la petite
paysanne en sabots se rend à
la source avec ses deux petits seaux.

T
t

Le tigre glisse doucement sur le tapis
d'herbe tendre ; la tortue en a très peur.

U
u

« Quel bel uniforme, pense Ulysse, ce chapeau est unique et cet ustensile est bien utile. »

V
v

Où va donc ce petit veau dans la jolie voiture verte ? Mais au village, voyons !

W
w

Dans la forêt canadienne, ce grand
cerf wapiti regarde disparaître
les wagons du train dans le tunnel.

X
x

Xavier se rend utile.
Il scie des bûches sur un X.

Y
y

Yaël a renversé le chocolat.
Ynès lui fait les gros yeux.

Z
z

Zoé apporte des friandises au zèbre et au zébu, ses deux amis du zoo.